POUR LARA - A. W.

POUR MIKE & MARIE - D. B.

Kimane

72, rue de Rochechouart – 75009 Paris

Première publication au Royaume-Uni en 2021
par Little Tiger Press Ltd, une branche de Little Tiger Group,
1 Coda Studios, 189 Munster Road, Londres SW6 6AW
Titre original : *Agent Llama*

Adaptation : InTexte Édition, Toulouse
ISBN : 978-2-36808-896-8
LTP/2800/3866/0421
Dépôt légal : 2nd semestre 2021
Imprimé en Chine

Conforme à la Loi n° 49-956 du 16 juillet 1949 sur les publications destinées à la jeunesse, modifiée par la Loi n° 2011-525 du 17 mai 2011.

LAMA KROFT
ET LE VOL DU CALEÇON

ANGELA WOOLFE

DUNCAN BEEDIE

Kimane

Du sommet de la montagne, une **ESPIONNE** observe la plaine dans son télescope.

Elle **DÉVALE** ensuite la pente enneigée sur sa double paire de skis,

puis elle tire une fléchette pour neutraliser un **FUGITIF.**

C'est une journée bien ordinaire pour l'agent secret **LAMA KROFT.** Aucune mission n'effraie cette espionne de génie !

Hier, grâce à son puissant rayon laser,
elle a mis hors d'état de nuire
le cruel et très dangereux
BOGDAN BOUM,
un scientifique aux projets criminels.

Chargée d'une nouvelle mission, Lama est pour le moment en pleine course-poursuite !

Son chef l'appelle depuis le **QUARTIER GÉNÉRAL**.

« Nous avons besoin de vous, ***KROFT***,
sur-le-champ ! Un **CALEÇON** s'est volatilisé.
Le problème, c'est que ce sous-vêtement
appartient... à notre Premier ministre ! »

ÉDITION SPÉCIALE : LE CALEÇON DU PREMIER MINISTRE A DISPARU ! À SUIVRE…

LAMA KROFT EST STUPÉFAITE :

« Son **CALEÇON** a disparu ?

Et en plus, il est orné de **BANANES** ?

Je suis **EN ROUTE !**

J'ai déjà une piste.

Je trouverai ce caleçon

et je le rapporterai à son

illustre propriétaire. »

Deux heures plus tard, la voilà sirotant une limonade à bord d'un avion, ses nouveaux gadgets d'espionne à portée de main :

BOMBE PUANTE dissimulée dans un chou de Bruxelles, paquet de chips avec **TURBOPROPULSEUR** intégré,

VOITURE DE SPORT miniaturisée dans une balle de ping-pong et parachute camouflé en parapluie télescopique.

Soudain, l'avion commence à piquer du **nez** !

Lama se précipite dans le cockpit : « Le pilote nous a faussé compagnie et **a sauté**. À moi de jouer ! »

Elle saisit le manche, redresse l'avion et évite la **montagne** de justesse... Il était temps !

LAMA KROFT ne **peut pas** être victime d'une panne de carburant !

UN SPRINT,

UN SAUT

et un atterrissage ***PARFAIT !***

(Cette espionne est vraiment exceptionnelle !)

La piste mène Lama dans
un hôtel super chic.
Après une bonne douche,
elle enfile une jolie tenue.

Puis, d'un pas
nonchalant et très
classe, elle se dirige
vers la piscine.

Une pin-up l'accueille
sur un ton moqueur :
« Comme on se retrouve,
chère amie ! »
Elle est vêtue d'un remarquable
maillot de bain jaune et orné de...
BANANES !

« Tiens, tiens, **GRETA PIOCA !**
Tu es donc dans le coup ! Parfait, voici une affaire rondement menée !

C'EST FINI pour toi ! Tu dois rendre ce caleçon. »
Greta se contente de retourner à l'eau et six de ses **GARDES DU CORPS** font irruption.

Mais Lama est la reine du

Greta pleurniche : « Tu as gagné !
Je me sens tellement ridicule.
Aide-moi, je suis gelée. »

Confiante, **Lama** tend son sabot à Greta et lui attrape la patte, **mais…**

elle est terrassée par une décharge électrique !

Une trappe s'ouvre alors
au fond de la piscine.

Catastrophe !
LAMA KROFT est
PIÉGÉE !

Elle se réveille dans une sorte de **grotte**, attachée sur un siège,

sous le regard mauvais de **GRETA PIOCA** et de **BOGDAN BOUM.**

« Hé ! Hé ! Le caleçon volé,
c'était une idée de génie, non ?
s'écrie Bogdan Boum.
Je t'ai eue !

Tu fais moins la fière,
misérable lama !
Adieu, mauviette,
ce fut un PLAISIR ! »

Un sourire diabolique
lui déforme le visage :

« Tu salueras le

COSMOS

de ma part ! »

La prisonnière comprend alors qu'elle est assise sur une **FUSÉE !** De la fumée lui pique les yeux, il fait de plus en plus chaud et un grondement fait trembler son siège. Lama commence à **S'INQUIÉTER !**
Canon laser
Super Blaster

Elle doit s'enfuir, **IMMÉDIATEMENT !**

Une seule solution pour s'en sortir : atteindre
sa mallette de gadgets high-tech !

Je m'incline, Boum,
Tu es le meilleur.
Tu m'accorderas bien
un dernier dîner ?
CHOU DE BRUXELLES
et CHIPS !
Je veux bien partager
avec toi !

« Waouh, des chips !
s'écrie BOUM. Détache-la,
Greta ! Chips au bacon
en plus ? C'est top ! »

Boum tend à Lama sa super mallette HIGH-TECH.
L'espionne lance alors son...

ATTAQUE !

Elle écrase son chou de Bruxelles sur le sol et une épouvantable odeur se répand aussitôt.

« Ça empeste ! hurle Boum. Satanée Lama ! »

« Salut, la compagnie ! » crie **LAMA KROFT**.

D'un geste sec et rapide, elle réussit à arracher le **CALEÇON** à la sournoise **GRETA** qui glapit comme une furie.

Une fois hors de la grotte, elle verrouille la porte.

Les **malfaiteurs** n'ont aucune chance de s'échapper !

Lama ouvre alors sa balle de ping-pong...

... et, une fois dans sa voiture de sport, elle décroche son téléphone.

Son **bolide** super puissant

FONCE

vers la côte.

Lama découvre
une idyllique
PLAGE DÉSERTE,
l'endroit parfait pour
se reposer.

Mission accomplie,
enfin un peu
de calme !

ÉTRANGE...
CETTE ESPIONNE EST VRAIMENT EXCEPTIONNELLE !
MISSION POUR LE MEILLEUR AGENT SECRET DU PAYS !